SAINT-LAURENT,

ÉGLISE PAROISSIALE DE ROUEN,

SUPPRIMÉE EN 1791;

Par M. E. DE LA QUÉRIÈRE,
Membre de l'Académie Impériale des Sciences, Belles-Lettres et Arts de Rouen; de la Société libre d'Émulation du Commerce et de l'Industrie de la Seine-Inférieure; de la Société Impériale des Antiquaires de France; des Sociétés des Antiquaires de Normandie et de Picardie, et d'autres Sociétés savantes.

ROUEN,

IMPRIMERIE DE H. BOISSEL, SUCC^{r} DE A. PÉRON,
Rue de la Vicomté, 55.

—

1866.

SAINT LAURENT

Eglise paroissiale de Rouen supprimée en 1791.

SAINT-LAURENT,

ÉGLISE PAROISSIALE DE ROUEN,

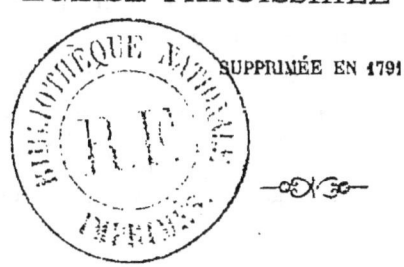 SUPPRIMÉE EN 1791.

—◦⊃X⊂◦—

L'origine de cette paroisse est fort ancienne. Des lettres de Richard II, duc de Normandie; de l'an 1024, parlent de *l'église de Saint-Laurent au faubourg de Rouen*. Au temps de l'archevêque Eudes Rigault, qui vivait au milieu du XIIIe siècle, elle possédait 300 feux et un revenu de 90 livres. L'abbé de Saint-Wandrille présentait à la cure. Cinq chapelles titulaires avaient été fondées dans cette paroisse (1).

---

(1) Ecclesia sancti Laurentii, parrochiani 300; valet 90 libras; Abbas S. Wandregisili patronus. Archiepiscopus Odo Rigaldi recepit magistrum Robertum Preudhomme ad præsentationem dicti abbatis.

Item in dictâ ecclesiâ S. Laurentii fundata est capellania de bonis Heliæ Pictaviencis quondam civis Rothomagensis cujus archiepiscopus est patronus. Valet 15 libras.

In istâ ecclesiâ est de novo fundata quædam capella per magistrum Justitiæ cantorem Baiocensem.

Joannes dictus Papin Burgensis Rothom. instituit quamdam capellaniam in E. S. Laurentii Roth. de bonis testamenti uxoris suæ nomine Basiliæ.

(*Pouillé d'Eudes Rigault*, Archives du département.)

En 1248, le jour de Pâques, l'église de Saint-Laurent fut brûlée, avec celle de Saint-Godard et l'abbaye de Saint-Ouen, par un feu considérable qui commença près de la porte Beauvoisine. On eut bien de la peine à la rétablir.

Elle fut relevée une dernière fois à la fin du xive siècle ou dans les premières années du xv .

Le plan de l'édifice est assez régulier: une nef et deux bas-côtés voûtés en pierre et comprenant sept travées, sans compter l'abside ; un grand portail à l'ouest, flanqué d'une haute et belle tour et deux portails latéraux fort simples. Deux chapelles ajoutées hors œuvre complétaient l'ensemble de cette charmante église, dont les restes mutilés et démembrés excitent encore aujourd'hui notre admiration et nos regrets.

Nous venons de dire que le monument actuellement sous nos yeux remonte à la fin du xive siècle ou au commencement du xve.

Le plus ancien livre de comptes de la paroisse, qui soit parvenu jusqu'à nous, porte la date de 1444 (1).

(1) Nous avons puisé presque tous les documents qui nous ont servi à écrire cette histoire, d'une part, dans les livres de comptes des recettes et des dépenses de la paroisse, et d'autre part, dans un gros in-folio relié, ayant pour titre : « Inventaire général des lettres, escritures, tiltres et « enseignements des rentes et revenus appartenant au trésor et fabrique de « l'église paroissiale de Saint-Laurent de Rouen, trouvées au trésor « d'ycelle, depuis l'année mil deux-cents-quatre-vingt-deux, par ordre « alphabétique et par chapitres; les noms de MM. les curés et les noms de « MM. les trésoriers depuis l'année 1444; faict par Me Pierre-François « Labarbe, titulaire et soubsacriste, suivant la délibération... en dabte du « 17 octobre 1706, et présenté en la chambre du trésor le 16 avril 1713... »

Tous ces registres et papiers proviennent de l'ancien chartrier de Saint-Laurent et sont aujourd'hui déposés aux Archives du département.

Nous trouvons pour cette année une dépense de 21 liv. 11 s. 9 d. employée « en œuvres et reppara- « cions *tant pour recouvrir l'église que pour* L'OUVRAGE « NOUVELLEMENT COMMENCÉ. »

En 1445, une autre somme de 249 liv. 19 s. est portée en dépense avec la mention semblable : « *tant* « *pour recouvrir l'église que pour le fait de* L'ŒUVRE « NOUVELLE. »

Une lecture attentive des comptes de cette paroisse nous avait conduit à penser que par ces mots : « *l'œuvre* « *nouvelle commencée* », il fallait entendre non pas une réédification totale de Saint-Laurent, mais seulement l'achèvement de cette église par la construction des bas-côtés ou chapelles.

En effet, on lit à la fin du compte de l'année 1446 une note ainsi conçue : « Le dict Gombault (trésorier) « a bailles aux ouvriers sur leur tâche d'un *pillier pour* « *la chapelle*, qui couste 26 liv. de leur tâche, certaine « somme d'argent.... »

Ainsi, on bâtissait en 1446 une des chapelles des bas-côtés. La nef et le chœur, dont il n'est fait aucune mention dans les comptes de cette époque, devaient être élevés depuis longtemps, puisque déjà l'on était obligé de « *recouvrir l'église.* »

Une inspection minutieuse de l'intérieur de Saint-Laurent nous a convaincu que nous ne nous étions pas trompé dans nos conjectures.

Lorsque l'on pénètre dans cette ancienne église, ce qui vous frappe tout d'abord, c'est la différence de style qui semble caractériser l'architecture de la nef centrale et celle des bas-côtés nord et sud. Le premier étage de la nef et du chœur, jusqu'à la hauteur de l'appui des fenêtres annonce la transition du xive siècle au xve : les moulures sont encore pleines et arrondies comme au xive siècle ; mais les colonnettes des piliers n'ont plus de chapiteaux. Dans les bas-côtés au contraire, les piliers, les nervures des voûtes offrent partout les formes grêles et prismatiques des constructions du xve siècle et du commencement du xvie. Le même style se remarque aux fenêtres qui éclairent l'étage supérieur de la nef et du chœur et à la voûte du vaisseau central. Il est évident pour nous que ces parties si diverses d'un même édifice n'ont point été élevées en même temps, et que *l'œuvre nouvelle*, entreprise en 1444 par les trésoriers de la paroisse, comprenait seulement la construction des bas-côtés ou chapelles et la surélévation de la nef, dont la voûte était restée inachevée.

De 1444 à 1482, c'est-à-dire pendant près de quarante ans, les travaux furent poursuivis sans interruption. Malheureusement les comptes de cette époque, qui auraient pu nous fournir des détails si intéressants, sont d'une concision extrême et d'un laconisme désespérant.

Nous savons toutefois que l'artiste chargé en 1460 de faire les verrières se nommait *Jehan Chevalier* (1) et que dans le même temps, l'œuvre de l'église était conduite par maître *Denis Gode*, qualifié par le trésorier comptable de simple *machon*, titre d'honneur que beaucoup de bâtisseurs de nos jours s'empresseraient de répudier pour prendre le nom plus envié d'architecte. Maître Denis reçut en 1461 et en 1463, 9 liv. pour ses honoraires de chacune de ces deux années. (2).

(1) Comptes de dépenses des années 1463, 1464 et 1465.
(2) Comptes des années 1461 et 1463.

Un autre artiste dans son genre, Cardinot Le Pelletier, avait été chargé en 1470 de faire les *espis* qui devaient servir d'amortissement aux pavillons qui couronnaient les chapelles (1).

La dépense totale pour l'achèvement de Saint-Laurent se monta à plus de 9,200 liv., somme énorme pour ce temps-là. Pour y subvenir, on fut obligé, en 1456, de mettre sur toute la paroisse une imposition de *trois sols par chaque pied d'héritage*, laquelle fut réduite quelques années après *à deux sols par pied d'héritage*. Cette imposition extraordinaire ne fut pas acceptée par tous avec le même empressement; il fallut plus d'une fois exercer des poursuites pour en opérer le recouvrement. Les revenus de la fabrique, même avec la ressource des *trois sols par pied*, n'auraient pas permis de mener à bonne fin l'œuvre qu'elle avait entreprise, sans la piété généreuse du sieur Jean Davy (2), qui géra pendant près de vingt ans les affaires de la paroisse avec le concours de deux autres trésoriers, et, pour aider à payer les ouvriers, avança au trésor, de ses propres deniers, des sommes qui s'élevaient, en 1479, à plus de 1,200 liv. Jean Davy était un saint homme; il avait été, en 1469, en pèlerinage à Saint-Jacques-de-Compostelle.

(1) « Et si est deu à Cardinot Le Pelletier pour cent livres de plomb la « somme de 60 fr. Et si n'est en ce compte comprins aucune chose de la « paine et sallaire de la *fachon des cinq espis des chapelles du bout de* « *leglise tant de costé que d'autre commenché à faire* et mesmes du « plomb. » (*Comptes de 1470.*)

(2) Ce Jean Davy, qui faisait en 1469 « *un voyage à Monsieur Sainc Jacques,* » descendait-il de Jean Davi, citoyen de Rouen et *maître de l'œuvre* de la cathédrale en 1278 ? Il n'y aurait rien que de très probable dans cette supposition : le zèle si pieux du trésorier de Saint-Laurent nous autoriserait à le croire.

L'église dont nous voyons aujourd'hui les restes était donc terminée en 1482, sauf la tour, qui ne fut élevée que quelques années plus tard : commencée en 1490, elle était achevée en 1501.

Cette tour, avec son élégante flèche en pierre, haute de douze à treize mètres au moins, était un monument fort remarquable. Les trésoriers de Saint-Laurent en avaient été si émerveillés, qu'ils en avaient fait le sujet d'un travail précieux d'orfévrerie, qui servait à l'exposition du Saint-Sacrement sur le maître autel (1).

Nous regrettons vivement la perte de ce vieil ostensoir gothique où l'on voyait représentée en petit l'ancienne pyramide qui n'existe plus. Cet objet, d'une si haute curiosité, fut remplacé par le *Soleil* de l'église des Jésuites, probablement peu de temps après la suppression en France, en 1764, de cet ordre religieux (2).

L'église de Saint-Laurent était à peine rétablie dans son entier, que déjà l'on songeait à l'augmenter par l'élargissement des bas-côtés, qui devaient être fort étroits. On s'occupa d'abord d'agrandir dans tous les sens le bas-côté méridional, comme nous l'apprend la note suivante transcrite à la fin du compte des recettes et dépenses pour l'année 1506 :

« Nota. — Plus a esté délibéré que la *Chappelle Saint-* « *Jehan* sera eslongnée jusques en rue et eslargie du

(1) Guillaume Bontemps, orfèvre, reçut, en 1609, 255 liv. 16 s. « *pour* « *avoir refaict quatre eles (ailes) neufves aux anges de la* Piramide en « custode *servant au Saint-Sacrement.* etc. etc.... » Déjà en 1519, on avait payé 6 s. « à Jehan Hullin orfaivre, *pour avoir nestoyé le* « *repositoire du Corpus Domini et raffermy les ailes des anges du dit* « *repositoire pour servir à la feste du Sacrement.* »

(2) *Tableau de Rouen,* années 1779 et 1788.

« costé vers le presbitaire jusques à l'entrée de devers
« le dit presbitaire, en attendant que lon la puisse
« esloingner et eslargir de ceste grandeur en tirant vers
« la tour. Et ordonne au dit Paix de Cœur trésorier en
« faire l'ouvrage en diligence. »

Il résulte de cette délibération que, dans l'origine,
les collatéraux s'arrêtaient à l'entrée du chœur; en
1506, celui du midi fut prolongé jusqu'à la rue de
l'Ecole, et sa muraille fut reculée vers le sud, de manière à dépasser sensiblement l'alignement de la base
du clocher.

Nonobstant l'élargissement du bas-côté méridional,
l'église était encore trop petite. Il fut décidé que l'on
agrandirait de même le côté du nord, vers Saint-Godard. On lit à la fin des comptes de l'année 1542 une
note qui est comme le résumé de la délibération
prise par les trésoriers assemblés au sujet du travail
projeté :

« Ce faict suyvant le propos et deliberation des
« dessus signez, a esté consent et accordé que les de-
« niers qui restent comptant entre les mains des thé-
« sauriers et ceulx qui pourront cy aprez revenir tant
« des oblacions que arrérages de rentes, oultre les de-
« niers nécessaires pour l'entretenement de la dite
« église et service divin, seront employez *à faire*
« *augmentation d'icelle église de Sainct-Laurent pour*
« *subvenir à recueillir le peuple ès jours de dimence et*
« *austres festes solemnelles* (1), *laquelle augmentation se*

(1) L'église de Saint-Laurent était petite, ses voûtes avaient peu d'élévation, surtout dans les bas-côtés, et lorsqu'on célébrait la fête du patron de
la paroisse, l'affluence des fidèles était si nombreuse et la chaleur si grande
que, chaque année, on était obligé de faire enlever plusieurs panneaux des

« *commencera par l'advis que dessus arresté de la* CHA-
« PELLE NOTRE-DAME VERS SAINT-GODARD. »

Il y avait à Saint-Laurent, comme dans beaucoup
des paroisses de la ville, outre la tour du portail, qui
renfermait les grosses cloches, un *petit clocher* à cheval
sur le faîte même du chœur, et où se trouvaient les
petites cloches qui servaient à sonner les basses-
messes.

Ce clocher en bois, recouvert de plomb et d'ardoises,
fut réparé une première fois en 1536. On lit dans le
compte des dépenses faites en ladite année les deux
articles qui suivent :

« A Jehan Delanoe, charpentier, *pour avoir faict*
« *un post tout neuf* A LA LANTERNE DE DESSUS LE CUEUR
« *de lesglise que le tonnerre avoit desgradé.*

« A Cardin Giret et ung manouvrier qui avoit be-
« songné en la PETITE TOUR, *après que le plombier avoit*
« *plômé,* pour une journée du dit plastrier et manou-
« vrier, 7 s. 6 d. »

La *lanterne de dessus le chœur* et la *petite tour* dé-
signent une seule et même chose : le PETIT CLOCHER, qui
ne fut point réédifié *tout de neuf,* comme l'a écrit par
erreur l'auteur de l'*Inventaire général des lettres, escritures, tiltres, etc.,* de Saint-Laurent, mais fut séule-
ment réparé et recouvert de plomb.

En 1578, des travaux fort importants furent faits au
petit clocher, qui existait encore au commencement du
XVIIIe siècle. (*Voyez* le compte de 1702).

vitres, comme le prouve cet article des dépenses pour l'année 1518 : « A
« Cardin Robert, verrier, pour avoir levé et rassis et rabbillé de son mes-
« tier huyt penneaulx de verre *qui avoient été levés pour la feste Sainct*
« *Laurent, à cause de la challeur.* »

Le portail de Saint-Laurent, construit à la fin du
xv⁰ siècle, était, après celui de Saint-Maclou, le plus
décoré des paroisses de la ville. Il présentait une
voussure profonde formant une sorte de porche dont
les arceaux ogives étaient enrichis de nombreuses sta-
tuettes et accompagnés de délicates sculptures. Il se
terminait par un haut pignon travaillé à jour qui se
détachait en avant du mur extérieur de la nef. La tour
du clocher, fermant le bas côté méridional, flanquait au
sud-ouest la grande baie ogivale du portail, lequel n'était
accompagné au nord que par un simple contrefort, à
cause du rétrécissement extrême de la rue Boutard, dont
la direction oblique par rapport au plan de l'église, avait
forcé de terminer par un pan coupé le mur du collatéral.

La balustrade qui couronne encore aujourd'hui cette
partie du bas-côté nord offre cette particularité fort
curieuse de lettres gothiques découpées dans la pierre et
formant ensemble ces paroles tirées de Job : *Post
tenebras spero lucem* (Chap. 17, vers. 12.) (1).

Outre le grand portail, deux autres portes latérales,
d'un style fort simple, s'ouvraient en face l'une de
l'autre, au nord et au sud.

Quel merveilleux aspect offrait Saint-Laurent vers
1550 ! Quel ensemble riche et harmonieux dans toute
son ornementation extérieure !

(1) A la Ferté-Bernard, on voit au pourtour de l'église *Notre-Dame-
des-Marais*, deux balustrades formées de lettres gothiques à jour. On li
sur celle du grand comble, le *Regina cœli lœtare*, et sur la balustrade
inférieure, le *Salve Regina*.

L'antienne à la Vierge, *Salve Regina*, se trouve encore reproduite en
partie par une galerie du même genre qui règne tout autour de l'église de
Caudebec-en-Caux.

Ces meneaux à compartiments variés qui divisaient
les fenêtres, ces balustrades à jour qui ceignaient les
combles, ces faîtages en plomb et ces épis historiés de
même métal qui surmontaient les toitures ou pavillons,
les statues et pinacles du grand portail, le petit clocher
et surtout cette élégante flèche en pierre qui couronnait
si gracieusement la tour du portail, tout ne concou-
rait-il pas à faire de cette église un modèle inimitable
de l'architecture gothique aux xve et xvie siècles?

Sa décoration intérieure n'était pas moins remarquable. Elle répondait bien à l'importance du monument et témoignait hautement de la munificence et de
la qualité de ses paroissiens qui comptaient parmi eux
de nombreux membres de la noblesse, de la haute magistrature et du barreau.

Il y avait, outre le maître-autel du chœur, quatre
autels ou chapelles, savoir : du côté de l'épître, dans le
collatéral sud, la chapelle Saint-Jean et, plus bas, la
chapelle Saint-Jacques, près la tour; cette dernière fut
pendant quelques années dédiée à Saint-Roch. Du côté
de l'évangile, était la chapelle de Notre-Dame et, au bas
du même collatéral, la chapelle Saint-Sébastien, qui
prit au xviie siècle, le nom de Sainte-Marguerite : là se
trouvaient les fonts baptismaux.

De belles verrières, aux couleurs éclatantes, occupaient
les fenêtres. Les premières vitres avaient été posées en
1464 (1); d'autres dataient de 1499 et de 1520 (2).

(1) Nous avons vu encore dans les fenêtres du haut de la nef les armes
de France et de Savoie réunies, indiquant l'époque du règne de Louis XI et
de Charlotte de Savoie sa femme.

(2) Une de ces vitres peintes, représentant la vie de Saint-Jean-Baptiste
(elle décorait la chapelle Saint-Jean), fut acquise, il y a 54 ans, par l'auteur

Les clefs de voûte étaient ornées de belles rosaces découpées en dentelles ; celle de l'abside représentait le *Martyre de Saint-Laurent* (1).

Mais ce qui ajoutait singulièrement à la décoration intérieure de cette église, c'était un magnifique jubé, dans le style gothique du XVIᵉ siècle, qui séparait le chœur de la nef.

Ce *pipitre* ou *pupitre* (ainsi l'on appelait la tribune ou jubé) était, au dire de Farin, « *un ouvrage de migna-* « *ture et d'un grand travail* (2). Commencé en l'année 1511, il ne fut achevé que vingt ans après, en 1532, et coûta plus de 3,000 livres.

Il formait trois arcades portées sur quatre piliers, et était décoré de statues faites par Jehan Theroulde (3) imagier, qui reçut, en 1516, 11 liv. « *pour sa parpaye* « *des ymages de pierre dudit pipitre.* » En cette année, le jubé semble terminé.

Cependant, nous voyons qu'en 1521 on paie 4 liv. à maître Pierre Des Vignes « *pour avoir desassis et hosté* « *les piliers de pierre du pupitre.* » Les fondations avaient cédé probablement, et l'on fut obligé de les reprendre en sous-œuvre.

L'architecte Pierre Des Vignes, qui fut chargé de ce soin, présenta en même temps le « *pourtraict des*

de cette monographie qui en fit don à l'église-cathédrale. Mais, par une conséquence de l'incurie de ceux à qui avait été confié ce vitrail, on ne put en employer que deux panneaux qui furent placés à la chapelle des Fonts, dite du Saint-Esprit.

(1) Le temps a respecté ce curieux morceau de sculpture.

(2) *Histoire de Rouen*, par Farin.

(3) Jehan Theroulde est un des habiles artistes qui exécutèrent les sculptures si délicates du grand portail de la cathédrale de Rouen. (Voyez la *Revue des Architectes de la Cathédrale de Rouen*, par A. Deville.)

« *chapelles* (autels) *que l'on voulloit fere à l'eglise.* »
C'était donc un habile homme. Peut-être avait-il conçu
le plan de ce jubé? Ce qu'il y a de certain, c'est qu'il
n'acheva pas l'œuvre commencée. Cet honneur appar-
tient à deux autres architectes, à Michel Cateline ou
Catherine et à Simon Vitecoq. Ce dernier venait d'être
nommé à la *surintendance des édifices* de la Cathédrale
de Rouen (29 juin 1527) (1).

Le marché qui fut conclu avec eux se trouve relaté
en ces termes dans le compte des dépenses pour l'année
1529 :

(1) On doit à Simon Vitecoq la décoration extérieure de la chapelle de
la Vierge, les galeries ou claires-voies du circuit du chœur et une des tou-
relles du grand portail de la cathédrale de Rouen. Il travailla aussi à la
reconstruction de l'église Saint-Jean, que l'on a démolie, à notre grand
regret, vers 1816.

Simon Vitecoq et un autre maître-maçon, *Jehan de la Rue*, dont le nom
est cité plusieurs fois dans les comptes de Saint-Laurent (années 1522 et
1550), furent appelés en 1542, par le Chapitre de Notre-Dame, à donner
leur avis sur un projet de flèche qui leur avait été présenté par Robert-
Becquet. Il s'agit ici de l'admirable pyramide en bois recouvert de plomb que
le feu du ciel consuma sous nos yeux le 15 septembre 1822. Nos deux
maîtres-maçons, soit jalousie de métier, soit animosité personnelle, critiquè-
rent sans ménagement le plan de leur confrère, auquel ils proposaient de
substituer un projet de leur façon. Robert-Becquet, blessé dans son amour-
propre d'artiste, défendit son œuvre avec une vivacité extrême et répliqua
à ses adversaires, par des arguments *ad hominem* : la tour de pierre de
Grainville-la-Teinturière, dit-il, élevée par Simon Vitecoq, était tombée
par terre il y avait quinze jours ; et quant à l'*église de Saint-Martin*,
qu'avait faite maître de la Rue, elle était *toute bigarrée, moitié antique
et moderne*. L'église dont il est parlé ici est celle de *Saint-Martin-sur-
Renelle*, à la réédification de laquelle on travaillait, en effet, en 1542. Le
nom de l'architecte qui la rebâtit nous est maintenant connu, c'est maître
Jehan de la Rue.

(*Revue des Architectes de la Cathédrale de Rouen*, par A. Deville,
Rouen 1848.)

« A maistre Michel Cateline (ailleurs Catherine) et
« Simon Videcoq (ailleurs Vitecoq), maistres et ou-
« vriers du mestier de maçon en ceste ville de Rouen,
« lesquels ont fait marché et accord avec les trésoriers de
« la dite église Saint-Laurens *pour agréer et assouvir* (1)
« *le pilpitre de la dite église Saint-Laurens* jouxte le *patron*
« qui par eulx en a este baillé; mesmes ung *devys* auquel
« sont contenus et desclares entierement *l'assouvisse-*
« *ment dudit pulpitre* signé en la fin de leurs signes :
« *Le dit marché faict par le prix et somme de* 1,100 *liv.*,
« que icelluy tresor sera tenu payer en accomplisse-
« ment par eulx de toutes choses; a esté payé par
« advance 100 liv. 5 s. »

Les travaux de peinture et de serrurerie n'étaient pas
compris dans ce marché. Jacques Fessart, peintre,
reçut donc par avance, en 1529, la somme de c s.
sur ce qu'il lui pourrait être dù « *pour blanchir et*
« *paindre les visages et mains des ymages dicelluy*
pepistre, » et nous voyons qu'en 1531, l'on paya à
Michel Loyer, serrurier, 3 liv. 15 s. 6 d. « pour 75
« livres de fer employées à mectre les *ymages des*
« *gros pillers dudit pepitre* et pour les chevilles de fer
« pour tenir les *ymages des entrepiedz* et autres fer-
« railles. » Ce dernier avait fourni en outre « une arc
« de fer sur la voulte *à tenir la chayne du Cruchefilz.* »

Ceci nous apprend que le jubé était surmonté de
l'image du crucifix, sculptée en bois sans aucun
doute.

Dans cette même année 1531, Jehan Theroulde et

---

(1) *Assouvir, assouvissement,* achever, achèvement; d'où est venue
cette expression : *assouvir* sa soif.

Jehan de Rouen, *maistres tailleurs d'ymages*, furent
appelés pour visiter « *le crucefilz et ymages du pepistre ;* »
après laquelle vérification les trésoriers comptèrent à
Michel Cateline et à Simon Vitecoq la somme de
127 liv. 3 s. 3 d. Il est expliqué que cette dépense a
pour objet « *le parachèvement du pilpitre.* »

Dans le temps que l'on travaillait au jubé, en 1524,
on entreprit la réparation des orgues, qui étaient en
fort mauvais état ; elles avaient été faites en 1464 (1).
Ponthus Josselin ou Jousselin (2), organiste, s'engagea,
moyennant 400 liv., à les restaurer complètement, en y
ajoutant un *positif.* Loys Desmontz, *hucher*, demeurant
en la paroisse Saint-Maclou de Rouen, fut chargé de la
hucherie ou menuiserie, pour laquelle on lui paya
60 liv.

Ponthus Josselin étant mort en 1524, Anthoine
Josselyn, son fils probablement, ajouta aux orgues un
jeu de trompettes tenues par deux anges que l'imagier
Jehan Theroulde avait sculptés. Un mécanisme ingé-
nieux faisait lever la main des anges en même temps
que sonnaient lesdites trompettes.

La peinture et la dorure avaient été appliquées sur
toutes les parties de la montre et même sur la voûte
au-dessus des orgues.

(1) Cette date nous est fournie par l'*Inventaire général des Lettres,
Escriptures et Tiltres*, etc., dressé en 1703. Cependant, en 1460, il y avait
déjà un organiste qui était payé 6 liv. par an pour toucher les orgues.

(2) Le nom de ce facteur d'orgues et celui de son fils qui lui succéda, ont
été étrangement défigurés dans les comptes de Saint-Laurent. On l'appelle
tour-à-tour Josiesme, Anceaulme, Antheaume, Josseaume et enfin *Jousselin*
(c^{te} de 1533). Ce doit être là son vrai nom. Nous avons trouvé dans les
comptes de la paroisse Saint-Jean un Anthoine Josselyne, qui construisit
en 1547 les orgues de cette église.

Il y avait autrefois *musique* dans cette église (1), de
même qu'à Saint-Maclou, à Saint-Jean, à Saint-Michel,
c'est-à-dire qu'on y chantait des messes et des motets à
plusieurs voix. Cet usage subsista de 1553 à 1654.

Saint-Laurent possédait une horloge dont l'établis-
sement remontait aux premières années du xvi° siècle,
comme le prouvent ces deux articles de dépense :

« A Vastelet....., pour nettoyer le *degrey du*
« *pipistre* et LES GRANDZ PIERRES DE LAULOGE, 18 d. »
(Comptes de 1520.)

« A Guill. Dupuys serrurier, pour verges de fer en
« l'autel Sainct-Jacques *et ung crampon à l'huys* DE
« LAULOGE, 15 d. »   (*Comptes de* 1526).

A partir de ce moment jusqu'en 1634, il n'est plus
fait mention de cette horloge, qui sans doute, était
détraquée depuis longtemps.

Elle fut rétablie et montée dans la tour de l'église
par Martin De la Londe, demeurant au bourg de Fau-
ville, avec qui l'on passa le marché suivant, sous la
date du 23 avril 1633 :

« Sera tenu de fournir le cadren de quatre piedz en
« carré paint d'or et azur et en noir avec ung chérubin
« à chaque coing ; mesmes de fournir les mathéreaux,
« cordages, filletz de fil de fer, et tout ce qu'il con-
« viendra pour faire jouer ledit orloge et tinterelles
« (deux), montant le prix et somme de 600 liv. »

Deux autres marchés, pour *refaire* l'horloge, furent
conclus avec Pierre Deshais le 22 février 1643, et avec
Delavoipierre, horloger, demeurant à Rouen, le 16

_____
(1) *Histoire de Rouen,* par Farin.

2

février 1681, moyennant la somme de 200 liv. pour le premier marché et celle de 150 liv. pour le second.

Une paroisse aussi riche et qui possédait deux clochers devait nécessairement avoir de belles cloches. Il y avait donc à Saint-Laurent une sonnerie composée de sept cloches : trois *grosses*, deux *petites* (1) et deux *moyennes* (2).

Elles furent refondues en 1555 par Jehan Buret et formèrent seulement six cloches : deux *grosses*, deux *moyennes* et deux *petites* (3).

L'église Saint-Laurent, avec ses belles verrières, son autel décoré dans le goût de la Renaissance, son jubé si délicatement travaillé et ses orgues toutes resplendissantes d'or et de diverses couleurs, était arrivée au plus haut dégré de splendeur et de magnificence, lorsque survinrent les guerres de religion, dont elle eut beaucoup à souffrir, comme les autres paroisses de la ville.

En 1562, elle fut saccagée par les calvinistes, qui brisèrent partout les statues et enlevèrent, entre autres objets précieux, un aigle en bronze que le fondeur Le Boucher avait fait en 1538 pour le chœur : il avait coûté 400 livres.

Les comptes de 1563 et années suivantes sont intéres-

(1) Compte des dépenses de 1529.

(2) Compte des dépenses de 1544.

(3) Elles sont ainsi désignées dans le compte de 1562. Les Calvinistes, en pillant l'église, avaient enlevé jusqu'aux marteaux des cloches. On fit refaire par Jehan Mansel deux marteaux pour les grosses cloches, l'un pesant 28 livres et demi, l'autre 39 livres, et deux autres marteaux pour les petites cloches, pesant chacun 12 livres. Il serait facile avec ces indications de calculer le poids de ces mêmes cloches.

sants à consulter à cause des détails qu'ils renferment sur les artistes sculpteurs et peintres qui furent chargés de la restauration de l'église.

Ainsi nous voyons qu'en 1563, on paie à Estienne Des Planches, dict de Rouen, *ymaginier*, 12 liv. 15 s. « pour avoir taillé l'ymage de Saint-Laurent de PIERRE « D'ALBATRE ».

Jacques de Sez reçoit 31 liv. « pour *un tableau de painc-* « *ture qui a esté mis sur le grand austel* » et une seconde somme de 22 liv. 10 s. « pour le *tableau de Saint-Jehan.* »

Nous trouvons encore dans la même année deux autres paiements faits à Jehan Bourdon, *machon*, l'un de 16 liv. pour avoir construit « *l'austel Sainct-Jacques,* » l'autre de 15 liv. 6 s. « pour *lymaige du Crucifix.* »

Le tableau que Jacques de Sez avait peint pour le maître-autel passa vite de mode, car l'on fit marché, en 1587, avec l'imagier Estienne Desplanches pour un autre tableau « *avec deux histoires estant aux costés du* « *dit maistre-autel*, le tout pour le prix de *huit cent* « *livres avec un poinson de vin* » (1).

Trente ans plus tard, le retable d'Estienne Des-planches était remplacé à son tour par un *tabernacle* accompagné, à droite et à gauche, d'un tableau et des statues de Saint-Laurent et de Saint-Antoine (2). Le marché avec le sculpteur est relaté en ces termes sur les registres des comptes de l'année 1617 :

(1) Un autre article du compte des dépenses de l'année 1587 nous apprend qu'il y avait au grand portail de l'église, entre autres sculptures, « troys « ymages, assavoir : Ung *Dieu battu*, ung ymage *Nostre-Dame*, et ung « ymage *Sainct Servais*; » lesquelles furent descendues et remontées en place avec une image de la *Trinité*.

(2) Saint-Antoine était le second patron de la paroisse.

« Marché faict avec Michel Lourdet, maître sculpteur
« à Rouen, pour la façon d'un *tabernacle* (1) pour mettre
« sur le maître-autel, pour le prix et somme de *mil*
« *livres*. Michel Lourdet prendra pour partie du paie-
« ment de cette somme *le tableau qui est sur le maître-*
« *autel* pour 300 livres. »

En 1619, Pacquet Bucquet, peintre, recevait 105
livres « pour avoir travaillé de son mestier aux *deux*
« *tableaux du cœur aux costés du tabernacle*, aux deux
« ymages Saint-Laurent et Saint-Anthoine, chapiteaulx
« et embassement. »

Le *crucifix*, sculpté par Jean Bourdon en 1563, parut
de proportions trop modestes sans doute, car on en
commanda un autre à Michel Lourdet, *paintre-sculteur*,
à qui l'on paya, en 1625, 120 liv. « *par advancement*
« *du marché faict avec luy par 300 liv.* » (2).

Tout le mobilier de l'église fut renouvelé au commencement du xviie siècle.

L'orgue de Ponthus et Antoine Jousselin fut donc
refondu entièrement en 1613 par Crespin Carlier,
maître fabricant d'orgues, « *demeurant en ceste ville,*
« *paroisse de Saint-Andrieu.* » Il reçut pour sa peine en
diverses fois 2,200 liv. (3). Une nouvelle montre
avait été fournie l'année précédente, moyennant la

(1) Ce *tabernacle* devait être dans le goût de celui que le même Michel
Lourdet avait élevé en l'année précédente, 1616, dans l'église Saint-Jean.

(2) Ces 300 liv. avaient été léguées par testament à la fabrique par
M. Pierre Lefebure, escuyer, sieur Du Tot et d'Isneauville, Conseiller du
Roy et Maître ordinaire en sa Chambre des comptes de Normandie, pour
FAIRE LE CRUCIFIX DANS LA NEF. (Archiv. du département.)

(3) Une réparation fort importante de l'orgue fut entreprise en 1781,

somme de 1,218 liv., y compris le *vin* du marché, par Nicolas Lestiboudoys, dit Bardin, qui remplaça également en 1614 « *la Chaire à faire la prédication* » que le menuisier Bardin, son père, avait exécutée vingt-six ans auparavant, en 1588.

Tous ces changements apportés au style des autels et du mobilier de Saint-Laurent n'avaient point altéré sensiblement l'aspect intérieur de cette paroisse : elle avait conservé intacts ses vitres peintes et son jubé, qui faisaient toujours son plus bel ornement.

Ces vitraux, que le temps et la poussière dont ils étaient encrassés avaient rendus plus sombres, ne laissaient pénétrer dans l'intérieur de l'église qu'un demi-jour favorable au recueillement des fidèles et comme il convenait à un édifice religieux. Tel ne fut pas l'avis du curé Martin Dauno : il fit détruire en 1677, *pour y voir plus clair*, les meneaux de pierre qui divisaient les baies des fenêtres du chœur et de la nef et mit à la place des anciens vitraux de couleur de belles vitres *blanches*, sur deux desquelles furent apposées ses armes et celles de Ferdinand de Neuville de Villeroy, évêque de Chartres, abbé commendataire de l'abbaye de Saint-Wandrille et, en cette qualité, patron de la paroisse; et dans six autres formes de vitres de la nef, on plaça diverses

pour la somme de 2,000 liv., par Jean-Baptiste-Nicolas Lefebvre, facteur d'orgues, demeurant à Rouen, rue des Minimes, paroisse Saint-Nicaise; a soufflerie fut renouvelée en entier. En 1786, un autre marché en augmentation de l'orgue fut conclu avec le facteur Dubois, pour la fourniture de 402 tuyaux neufs moyennant la somme de 1,000 liv.

Lors de la suppression de Saint-Laurent, en 1791, l'orgue de cette église fut accordé à Saint-Romain, paroisse de nouvelle création.

armoiries qui étaient dans les anciennes verrières, afin de conserver la mémoire des bienfaiteurs de l'église (1).

Cet acte de vandalisme ne fut pas le seul que commit l'abbé Dauno. Poussé par un zèle peu éclairé, il fit démolir à ses frais le magnifique jubé du temps de François Ier, chef-d'œuvre de sculpture qu'on aurait bien dû respecter. Mais ce jubé gothique projetait son ombrage sur M. le curé, et il fut jeté bas, au grand contentement des paroissiens à qui il interceptait la vue du chœur. L'abbé Dauno mourut en 1678, deux ans avant l'époque où s'accomplit cette démolition, pour laquelle il avait donné 200 livres.

A partir de ce moment, aucun travail important ne fut entrepris dans l'église Saint-Laurent jusqu'au jour où l'on forma le projet de remplacer par un splendide contre-retable le curieux *tabernacle* que Michel Lourdet avait exécuté en 1618 pour le maître-autel.

La proposition en fut faite, en 1713, par le sieur de Bois-Louvet, écuyer, qui donna par avance au trésor 3,600 liv.; ladite somme fut employée à l'achat de *toiles blancans*, dont la vente produisit un bénéfice de 229 liv. 9 s. Cette singulière manière de placer à intérêt l'argent du donateur nous a paru mériter une mention toute particulière.

L'exécution du contre-retable fut confiée à Jacques Millet Desruisseaux, *sculpteur* et *architecte* et trésorier de la paroisse en 1713, et l'on choisit pour sujet de décoration du maître-autel la *Transfiguration de Notre-Seigneur sur la montagne du Thabor*.

(1) INVENTAIRE *général des lettres, escriptures..... de Saint-Laurent,* etc. (Archiv. départem.)

Voici un extrait du devis qui fut présenté le 27 mai 1714 à l'assemblée des trésoriers réunis :

« La composition de l'architecture du dit ouvrage
« sera de l'ordre corinthien ; le tout *sur les plus belles*
« *proportions de l'antique* ; enrichi de marbre de deux
« colonnes et de dix faces de pilastres dont partie seront
« travaillés en tour creuse ainsi que les marbres des
« piedsdestaux et ceux de derrière les figures de *Moyse*
« et *Elie.....* de même qualité des marbres de l'*autel*
« *des Cordeliers* de cette ville.(1).

« Sera faict au milieu dudit ouvrage la représentation
« de la *Montagne de Thabor avec la figure de N.S. et les trois*
« *disciples*. Lesquelles figures seront de hauteur natu-
« relle et faictes de *terre cuite*, ainsi que les figures des
« costés représentant *Moyse* et *Elie*... La figure du *Père*
« *Eternel* avec deux anges groupés qui terminent le dit
« ouvrage sera faicte avec *platre* broyé du plus blanc...

« Plus sera faicte la charpente de la *coupole* avec
« bois de chesne ainsi que la *lanterne* faicte hors œuvre
« pour éclairer le lieu du Thabor ; laquelle coupole et
« lanterne seront ornées d'architecture de plâtre en
« dedans et en dehors...

« Le *Tabernacle* sera construit de marbre blanc et
« ses ornements seront de cuivre doré...

« ...Et ce moyennant la somme de *neuf mille huit*
« *cents quarante livres* qui luy seront payiez à mesure
« que le dit ouvrage avancera... »

« Il est convenu avec le dit sieur Desruisseaux *entre-*

(1) Ce retable des Cordeliers fit sensation dans le temps : les paroissiens de Saint-Jean comme ceux de Saint-Laurent s'étaient empressés de le prendre pour modèle. Il décore aujourd'hui le maître-autel de l'église Saint-Vivien, à laquelle il a été accordé en 1791.

« *preneur* qu'on pourra changer les statues et qu'au
« lieu du mistère de la *Transfiguration* on mettra celui
« de la *Résurrection*, auquel cas les statues des latéraux
« seront Saint Laurent et Saint Antoine, et au lieu du
« *Père-Eternel*, une *Croix* soutenue par deux enfants ou
« anges pour terminer le dit ouvrage. »

Les dons et les quêtes par toute la paroisse produisirent la somme de 9,435 liv. 7 s. 3 d... Il est très regrettable que la fabrique ait dépensé tant d'argent
pour élever dans le chœur de Saint-Laurent cette grande
machine qui eut pour effet de détruire l'harmonie architecturale du monument. Mais alors les hommes les
plus instruits, et même tous les artistes en général,
entraînés par le courant de la mode, ne voyaient pas
les disparates choquantes qui résultaient de pareils
changements dans la décoration de nos églises.

Pour établir le nouveau retable, il fallut démolir la
voûte de la petite sacristie qui était derrière le maître-
autel Des armoiries étaient sculptées à la clef de la dite
voûte ; en voici la description d'après le procès-verbal
qui en fut dressé : « *d'argent, au chevron de sable ac-*
« *compagné de trois roses de gueules*, lesquelles armes
« sont celles de la famille de Messieurs Bigot, et avoient
« été mises lors de la construction de la ditte sacristie
« qui avoit esté faict bâtir par Monsieur Guillaume
« Bigot, escuyer, seigneur de la Turgère, avocat du Roy
« au Bailliage de Rouën, inhumé dans le chœur de
« laditte église, le 28 may 1462, sous la tombe qui a esté
« depuis la sépulture commune de ses descendants. »

Deux chapelles furent ajoutées hors œuvre au
XVIIe siècle.

La première fut bâtie en 1628, à la hauteur du chœur, du côté du grand cimetière, au nord, par M⁰ Pierre Damiens, écuyer, conseiller du Roi en sa cour de Normandie, sous le vocable de *Saint-Pierre*. Sous cette chapelle était un caveau funéraire réservé au fondateur et aux siens.

La seconde, dite du *Saint-Esprit*, contiguë à la précédente et joignant la sacristie, fut élevée, en 1645, aux dépens de M⁰ Alexandre Bigot, chevalier, baron de Monville, conseiller du Roi et président à mortier du Parlement de Normandie, pour lui servir également de sépulture à lui et à sa famille. Elle ne fut achevée qu'en 1648.

Une chose remarquable, c'est que ces deux chapelles, construites à une époque où l'architecture gothique était tombée depuis longtemps en désuétude, sont dans le même style que l'église avec laquelle elles font corps.

Le presbytère fut rebâti, en 1769, pour le prix de 7,650 liv., par le sieur Pelfresne; les matériaux provenant de l'ancien presbytère étaient alloués à son profit (1).

En 1779, les couvertures de l'église exigeaient de grandes réparations. Un devis accompagné de plans au lavis, rédigé par Grave, à la date du 31 juillet, contient, entre autres détails, les réflexions suivantes :

Observant qu'une lucarne placée au chevet, « *dont « la masse inutile d'un amortissement pyramidal de bois « et plomb surcharge cette partie, sans la décorer conve-*

---

(1) Ce presbytère existe encore : c'est la maison à porte cochère qui fait face à la petite rue Saint-Laurent, dans la rue de l'Ecole.

« *nablement...* », l'architecte propose de substituer à cette belle et haute lucarne *gothique* (le dessin en est joint au devis) *une lucarne carrée à fronton de style romain*, dont il donne le plan d'élévation. Il continue ainsi :

« Observons encore que ces combles s'élèvent trop
« haut, surchargent l'édifice, obscurcissent la nef et
« masquent l'extérieur, produisent plus d'humidité
« aux maçonneries qui les environnent et sont d'un
« entretien forcé au double. Nous estimons qu'il con-
« vient les réduire en hauteur suivant *l'exemple* joint
« au présent qui fait parité de dépense. »

Sur le plan présenté par le sieur Grave, les combles sont réduits à presque moitié de leur hauteur. Il ne savait donc pas, ce qui est reconnu par l'expérience, que plus un comble est rapide, moins il a besoin d'entretien et plus les murs de soutien sont fermes et droits, tandis qu'une toiture aplatie pousse les murailles au vide et exige des réparations sans cesse renouvelées.

Le conseil de l'architecte ne fut pas suivi heureusement en ce qui concernait l'abaissement des combles; mais la curieuse lucarne gothique a disparu.

Une perte infiniment plus regrettable est celle de la flèche en pierre du clocher que nous avons vu démolir en l'année 1810, sous le vain prétexte qu'elle tombait en ruine. Le propriétaire de Saint-Laurent dépensa plus, de son propre aveu, pour abattre cette jolie aiguille, qu'il ne lui en eût coûté pour la réparer.

Nous avons dit que Saint-Laurent était la paroisse de la noblesse, de la magistrature et du barreau, de même que Saint-Jean était la paroisse du commerce et de l'industrie.

Si l'on parcourt la liste des trésoriers de Saint-Laurent, pendant les xve, xvie et xviie siècles, on n'y rencontre que des gens titrés : Nobles, Présidents et Conseillers au Parlement, membres de la Cour des aydes et de la Chambre des comptes de Normandie, Avocats-généraux, Procureurs du Roy au Baillage, etc., etc. Les personnes les plus considérables se faisaient alors un honneur et un devoir de gérer les affaires de l'église.

En 1591, l'Archidiacre du diocèse de Rouen s'étant présenté à Saint-Laurent pour examiner les comptes de cette paroisse, le plus ancien des trésoriers répondit au nom de toute la Compagnie : « que *la reddition ou* « *approbation des Comples de la dite église estoyt* CHOSE « TEMPORELLE *et ne dependoyt aulcunement de l'auctorité* « *des Archidiacres...* et ne se trouve dans les registres « dudit trésor aulcune approbation diceulx (comptes), « *ayant esté rendüz par devant gens de justice et d'hon-* « *neur,* MESMES PRÉSIDENS ET CONSEILLIERS, *ce qui debvoit* « *suffire* (1). »

Au commencement du xviie siècle, le zèle paraît se ralentir ; un certain nombre d'élus donnent des sommes qui varient de 150 liv. à 300 liv. pour être exempts des fonctions de trésorier.

Enfin, au xviiie siècle, la gestion du trésor n'est plus un honneur, mais une charge que déclinent les hautes classes de la société, qui l'abandonnent à la bourgeoisie et au commerce. De 1740 à 1765, la liste des trésoriers

(1) Voyez aux pièces justificatives.

n'offre pas un nom un peu marquant; on n'y voit que des bourgeois, des marchands, des tanneurs et même des gens de divers états, comme des tapissiers et des tailleurs.

Nous avons dit ailleurs, à propos de la paroisse Saint-Jean (1), que les fonctions de trésorier furent pendant longtemps, pour ceux qui en étaient revêtus, une charge très onéreuse à cause des dépenses souvent considérables auxquelles ils étaient astreints. Il n'est donc pas surprenant que beaucoup de personnes aient cherché à s'en affranchir.

A Saint-Laurent, le trésorier-comptable, entre autres obligations, était tenu de faire tendre l'église de tapisseries de haute-lisse, le jour de la fête patronale. La difficulté de trouver des tentures convenables à la sainteté du lieu fit prendre, en 1587, la résolution suivante :

« *Pour la* TENTE *de la dite église au jour Sainct-* « *Laurent, arresté qu'il demeurera à l'obtion des thesau-* « *riers à l'advenir de* TENDRE, *ou donner pour en estre* « *deschargés vingt escus pour le moyns, pour estre em-* « *ployez en* TAPISSERIE, *pour la décoration de la dite* « *église et non ailleurs.* » (Comptes de 1587.)

En 1613, le trésorier-comptable donna 75 liv. « *pour* « *estre deschargé de la* TENTE *de la feste de Monsieur* « *Sainct-Laurent.* »

Enfin, au bas du compte de 1625 nous trouvons une note ainsi conçue : « Chaque trésorier sortant donne « 75 liv. depuis plusieurs années *pour aider au paic-*

____

(1) Voyez la *Notice historique et descriptive sur l'ancienne église paroissiale de* SAINT-JEAN DE ROUEN, 1860.

« *ment de la* TENTE DE TAPISSERIE que l'on a cy devant
« résolu de faire pour la décoration du *scance* de la
« dite église. »

Deux ans auparavant, en 1623, Monsieur de Beuse-
mesnil avait donné par testament 600 liv. pour faire la
première pièce de tapisserie de la *Vie de Saint-Laurent*.

Quatre autres pièces de tapisseries furent commandées
en Belgique, par l'entremise d'un marchand de Paris;
ceci ressort de cet article des dépenses de l'année 1627 :

« A JEAN BOS, *marchand tapissier demeurant à* ANVERS,
« pour et en nom de Adrian Colix, marchand tapis-
« sier à Paris, la somme de *Deux mil livres*, en ce
« comprins ——avancés par ledit comptable, attendu
« que les deniers donnés à ceste fin par les sieurs Curé
« et trésoriers de la dite église n'estoient suffisants
« pour payer le reste du marché fait avec ledit Colix
« et les dits sieurs Curé et trésoriers de QUATRE PIÈCES
« DE LA VIE ET MARTYR DE MONSIEUR SAINCT LAURENT,
« pour la décoration de la dite église, passés devant les
« tabellions de Rouen le 24 avril 1626, et laissés par
« ledit Boos audit trésor sur sa quittance devant les
« tabellions de Rouen le 25ᵉ jour de juin 1627. »

Les dons recueillis pour aider à payer les tapisseries
de l'église se montaient à 2,405 liv., sur laquelle somme
Messire Gilles Anzeray de Courvaudon, président au
Parlement, avait donné à lui seul 400 liv.

Ce haut personnage si généreux contribua puissam-
ment avec le sieur Baudry de Biville, conseiller, à
sauver la vie au receveur général des Gabelles, Le Tellier de Tourneville, dans la circonstance que voici :

Lors de la sédition des *Nu-pieds*, en 1639, Le Tellier

de Tourneville, après avoir soutenu un véritable siége dans sa maison, située rue de la Prison (1), était parvenu à s'évader déguisé en trompette et s'était réfugié dans l'église Saint-Laurent. Des forcenés l'y poursuivirent jusqu'au haut de la tour, et ils l'auraient tué si les conseillers Baudry de Biville et Anzeray de Courvaudon ne l'eussent arraché à leur fureur et conduit sain et sauf au Vieux-Palais (2).

C'est aussi dans l'église de Saint-Laurent qu'eurent lieu les prétendues funérailles du conseiller Postel des Minières, surnommé *le mort enterré et ressuscité*. Ses confrères du Parlement avaient assisté en grande tenue à la pompe funèbre. Peu de temps après, quelques conseillers, en entrant dans la salle d'audience, reculèrent d'effroi en apercevant assis sur les fleurs de lis celui qu'ils croyaient parti pour la région des morts et en place de qui on avait inhumé *une bûche* (3).

En 1572, c'est l'année de la Saint-Barthélemy, plusieurs habitants de la paroisse, au nombre de 69, qui avaient embrassé la réforme, rentrèrent, un peu forcément, dans le giron de l'église, comme l'indique la mention suivante : « Chapitre des dons faits audit « thrésor par les personnes cy-après *estant de la relligion* « *pretendue refformée* et REDUICTZ *à l'église catholique*, « *apostolique et romaine.* » Ils donnèrent 18 liv. 10 s. 10 d. à l'église et pareille somme au Bureau des pauvres.

(1) Les mutins s'étaient placés dans la tour de Sainte-Marie-la-Petite d'où ils lançaient sur son hôtel une grêle de pierres.

(2) *Histoire du Parlement de Normandie*, par M. Floquet, tom. IV, p. 614 et suiv.

(3) *Histoire du Parlement de Normandie*, tom. II, p. 72 et suiv.

Cent ans plus tard eut lieu la révocation de *l'Edit de Nantes*, révocation dont les conséquences furent si désastreuses pour la France et surtout pour notre province. Nombre de personnes appartenant à la religion réformée furent forcées de s'expatrier et allèrent porter à l'étranger leurs talents et leurs connaissances pratiques dans tous les arts.

L'INVENTAIRE *général des lettres, escritures, etc.*, de Saint-Laurent apprécie en termes élogieux cet acte d'intolérance religieuse, qui ruina pour longtemps notre industrie et fut le prétexte de persécutions horribles contre les protestants :

« En l'année 1685, notre Roy très chrestien a
« souhete (*sic*) et voulu destruire dans son royaume la
« religion de Calvin, là où s'est signalé Monseigneur
« de Médany, archévesque de Rouen, comme aussi
« Monseigneur de Colbert, coadjuteur, sans oublier les
« personnes qui ont esté proposées pour ce sujet par
« Monseigneur l'archevesque qui sont Messieurs Clé-
« ment, curé de Saint-Maclou et présentement evesque
« de Périgueux, *Monsieur Bulteau, curé de cette paroisse,*
« Monsieur Godefroy, curé de Saint-Estienne-des-
« Tonneliers, Monsieur Auvray, chanoine en l'église
« cathédrale, le révérend père Barbereau, jésuite (1). »

Le curé de Saint-Laurent fut donc un de ceux qui se signalèrent le plus par leur zèle dans cette triste circonstance, ce qui lui valut le titre de *Doyen de la Chrétienté.*

« En 1702, arriva en la ditte église un grand accident
« le lendemain de la feste de Saint-Laurent, au salut,

(1) Archives du département.

« par un cierge que l'on fit tomber et qui mit le feu à
« l'autel, et le peuple qui y estoit en foule eut tant de
« peur que par la grande agitation que cela causa en
« s'enfuyant, *il y eut huit ou neuf personnes qui y per-*
« *dirent la vie*, sans ceux qui furent blessez (1). »

Il nous reste à parler du furieux ouragan de 1683,
qui renversa les flèches de Saint-Laurent, de Saint-
Michel et de Saint-André-de-la-Ville, sans compter les
pertes irréparables qu'il causa à d'autres monuments
de notre ville.

« En l'année 1683 (dit l'*Inventaire général, etc.*), le
« 25 de juin, le lendemain de l'octave du Saint-Sacre-
« ment et feste de Saint-Jean-Baptiste, sur les huit
« heures du soir, arriva en cette ville de Rouen un
« orage si grand causé par la gresle, tonnerre, vent et
« pluye, que *le haut de la tour du clocher tomba* et creva
« la voulte de l'église du costé de la chapelle de Saint-
« Jacques (cette chapelle était au midi, contre la tour),
« comme aussi toutes les vitres casséez, entr'autres
« celles du chœur et de la nef..... l'esglise toute
« découverte et autres ruptures de ladite église. »

On dépensa 2,879 liv. pour remettre l'église en bon
état, mais on ne put réédifier le haut du clocher ni refaire les vitres du bas de la nef. Ce ne fut qu'en 1703,
vingt ans après ce terrible désastre, que l'aiguille fut
rétablie (2).

(1) INVENTAIRE *général des Lettres*, etc.

(2) Cette flèche élégante, ornée de crochets sur ses arêtes et terminée
par une croix surmontée d'un coq, avait eu déjà beaucoup à souffrir de la
violence des vents, antérieurement à cette fatale année de 1683.

En 1520, il tomba des pierres de la tour, du côté du grand portail, dont

Disons maintenant quelques mots sur la population de cette paroisse.

Au XIIIe siècle, suivant le témoignage de l'archevêque de Rouen, Eudes Rigault, elle possédait, comme nous l'avons dit, 300 feux. En 1668, elle avait 2,500 communiants (1), et en 1731, 3,000 paroissiens (2).

Enfin, du dénombrement des paroisses qui fut fait à deux époques différentes pour une période décennale, il résulte ce qui suit : depuis l'année 1691 jusqu'en 1700, il y eut sur Saint-Laurent 199 mariages, 739 naissances et 612 décès ; et depuis 1752 jusqu'en 1761, 168 mariages, 511 naissances et 478 décès.

Saint-Laurent fut compris dans les vingt-quatre paroisses qui furent supprimées à Rouen en 1791. On lui préféra malheureusement Saint-Godard, qui offre bien moins d'intérêt au point de vue archéologique.

la voûte fut brisée. Farin (édition de 1731), dit que « la tour tomba sur le parvis et qu'*on fut obligé de la diminuer de plus de dix pieds.* » Cette assertion est contredite par les *registres* de la paroisse ; le mal ne fut pas à beaucoup près aussi grand.

En 1613, la tour fut ruinée ainsi que le portail. Nous trouvons dans le compte de l'année 1616 le paiement d'une somme de 64 liv. ainsi motivée :

« A Pierre Dumont et à trois autres massons, pour avoir travaillé le « nombre de 13 jours à démonter le nombre de 12 à 15 pyramides qui « menaçoient ruyne et raffermy le nombre de 24 pyramides avec des cram-« pons de fer *à la tour de l'église et grand portail.* »

Enfin, en 1638, l'aiguille du clocher, la croix et le coq furent renversés par une tempête qui causa aussi de grands dégâts à la sacristie et aux pavillons de l'église. On dépensa d'une part 260 liv. pour la tour et 439 liv. 10 s. pour les autres réparations.

(1) *Histoire de Rouen,* par Farin (1re édit., 1668).

(2) *Histoire de Rouen,* par Farin (édit. de Du Souillet), 1731.

3

Une polémique fort vive s'éleva entre les paroissiens de ces deux églises, au sujet de la préférence accordée à l'une d'elles. On fit valoir de part et d'autre des procès-verbaux d'architectes : Gueroult plaida pour Saint-Laurent, Vauquelin pour Saint-Godard.

Les pièces qui furent publiées à cette occasion sont :

1° Un mémoire intitulé : *Motifs que fournissent les propriétaires, trésoriers et habitants de la paroisse de Saint-Laurent, pour la conservation de leur église;*

2° Un autre mémoire, en réponse au précédent, ayant pour titre : *Examen et réfutation pour les propriétaires, trésoriers et habitants de la paroisse Saint-Godard de Rouen d'un écrit anonyme imprimé sous le nom des propriétaires, trésoriers et paroissiens de Saint-Laurent, sans nom de lieu ni d'imprimeur et ayant pour titre :* MOTIFS..... *suivi de deux autres pièces : l'une étant un extrait de procès-verbal dressé par ordre du Parlement le 22 mai 1763; l'autre, un prétendu parallèle des deux églises paroissiales de Saint-Godard et de Saint-Laurent, par le sieur Gueroult, architecte, en date du 29 mai dernier;*

3° *Un précis des motifs qui doivent déterminer dans le choix à faire entre les deux églises de Saint-Godard et de Saint-Laurent.* C'est un résumé en faveur de Saint-Laurent.

Examinons en quelques mots les arguments des deux parties adverses :

Pour faire rejeter le choix déjà fait de Saint-Godard, les habitants de Saint-Laurent alléguaient que les voûtes de la paroisse rivale, toutes trois de même hauteur, étaient en planchettes, et qu'un certain nombre de sommiers ou tirans de la nef et des chapelles, boulonnés par les deux bouts, étaient pourris en plusieurs endroits. Ils reprochaient à cette église sa trop grande obscurité (toutes les vitres en étaient peintes); l'écrasement de son clocher, dont la tour, moitié gothique et moitié moderne, était masquée par les combles de la nef; la faiblesse de son de ses cloches, qu'on n'entendait même pas dans toute l'étendue de la paroisse. Enfin, ils critiquaient la chaire à prêcher, les contreretables, l'orgue, le pavage, etc., et terminaient par ce dernier trait que *l'aspect de l'église était celui d'une* GRANGE.

A Saint-Laurent, au contraire, les voûtes étaient en pierre et très solides, plus basses dans les bas-côtés que dans la nef, disposition qui laissait la lumière pénétrer dans cette partie de l'édifice; le contre-retable et les chapelles, la chaire à prêcher, l'orgue et le pavage étaient très remarquables; son clocher superbe renfermait de fortes cloches. Quoique moins étendue en surface que Saint-Godard (1), l'église était suffisante eu égard à sa nouvelle circonscription (ce qui était exact); son portail, sa tour pyramidale, ses façades latérales, les balustrades de pierre qui décoraient la nef et les bas-côtés présentaient un ensemble majestueux.

Il nous paraît inutile de reproduire ici dans son entier la défense des paroissiens de Saint-Godard; en voici seulement les points les plus importants. Suivant eux, leur église était très solide, et bien qu'elle fût obscure, il y en avait peu d'aussi éclairées. Leur argument le plus fort et celui qui les a rendus victorieux,

___

(1) La longueur de Saint-Laurent est de 43 mètres ou 134 pieds environ, hors-œuvre. Saint-Godard a 15 mètres de plus en longueur et ses nefs sont beaucoup plus larges.

c'est que, lors de la nouvelle circonscription des paroisses de Rouen, on avait cherché à se conformer aux décrets de l'Assemblée Nationale, qui prescrivaient de conserver principalement les églises les plus vastes, et que Saint-Godard était la plus grande après Notre-Dame et Saint-Ouen (1).

Toutefois, les paroissiens de Saint-Laurent ne se tinrent pas pour battus. Ils furent secondés dans leur instance par leur ancien curé, l'abbé Dumesnil, devenu le curé constitutionnel de Saint-Godard, qui présenta aux autorités compétentes une requête avec deux mémoires imprimés à l'appui. Ce sont vraisemblablement ceux dont nous venons de parler.

Les pièces furent remises au ministre de l'intérieur Garat, qui, par sa lettre du 10 avril 1793, les retourna aux administrateurs du district pour qu'ils eussent à aviser; mais l'affaire n'eut pas de suites.

A notre sens, aucune de ces deux églises n'aurait dû être sacrifiée à l'autre; toutes deux méritaient d'être conservées à des titres divers : Saint-Godard, à cause de son étendue et de ses magnifiques peintures sur verre; Saint-Laurent, pour sa remarquable architecture et pour son beau clocher.

A l'époque de la mise à exécution du Concordat de 1801, le nombre des paroisses conservées en 1791 fut encore réduit: celle de Saint-Godard fut supprimée et entièrement dépouillée de son mobilier et même de ses vitres peintes si renommées. Cette dernière circonstance aurait dû faire pencher la balance en faveur de Saint-Laurent, lorsqu'en 1806 on sentit la nécessité de réta-

(1) On aurait dû ajouter : et *après Saint-Vivien*.

blir une paroisse au centre de ce quartier : mais cette fois encore, on lui préféra Saint-Godard, dont les nefs sont plus larges et dont la fondation remonte à nos premiers évêques, bien que l'édifice actuellement sous nos yeux ne date que du commencement du XVIᵉ siècle.

Le curé de Saint-Laurent consentit à prêter le serment exigé par l'Assemblée nationale constituante. En conséquence, il fit dans son église la lecture de l'*Instruction sur la Constitution civile du Clergé* (1).

Voici la lettre qu'il adressa au maire et aux officiers municipaux de la ville de Rouen pour les prévenir qu'il ferait la lecture demandée :

MESSIEURS,

« J'ai reçu la loy relative à l'Instruction de l'Assem-
« blée Nationale sur la *Constitution civile du Clergé* que
« vous m'avez fait l'honneur de m'adresser, et je m'em-
« presse de vous assurer que je la lirai dimanche pro-
« chain au prône de ma paroisse.

« Il eut été à désirer que l'Assemblée nous l'eut fait
« parvenir plus tôt : les sentiments qu'elle renferme
« auraient éclairé bien des gens qui, de bonne foy, sont
« encore dans l'erreur. Il ne tiendra pas à nous qu'elle
« cesse, et nous nous trouverions trop heureux que d'y
« pouvoir contribuer. C'est votre vœu sans doute,
« Messieurs, comme le mien est que vous veuilliez

(1) Il existe aux archives du département un rapport rédigé en 1791 par les administrateurs du district de Rouen sur l'état des esprits après la mise à exécution des décrets de l'Assemblée Nationale touchant la *Constitution civile du Clergé*. L'étendue de ce document fort intéressant ne nous a pas permis de l'insérer dans notre texte ; mais on le trouvera parmi les *Pièces Justificatives*.

« accepter l'hommage du profond respect avec lequel j'ai
« l'honneur d'être, Messieurs, votre très humble et très
« dévoué serviteur.

(Sans date.) Signé DUMESNIL, curé de Saint-Laurent(1).

Lorsque Saint-Laurent fut supprimé en même temps
que vingt-trois autres paroisses, l'abbé Dumesnil fut
nommé à Saint-Godard. Peu de temps après, il ré-
tracta son serment et fut forcé de quitter sa cure (2).

Le 30 avril 1791, le culte cessa d'être exercé à Saint-
Laurent et l'église fut fermée.

Pendant la Révolution, elle servit aux séances publi-
ques de la *Société populaire*, qui s'était appelée d'abord
Société des Amis de la Constitution, et dont le siége était
primitivement dans la grande rue de l'Aumône, aujour-
d'hui rue des Fossés-Louis VIII, à la maison qui porte
le nº 36, non loin de la fontaine (3).

A Saint-Laurent, des tribunes avaient été disposées
pour le public autour de l'enceinte réservée aux
membres de la Société. Lors des séances d'apparat et
dans les jours de réjouissances et de fêtes civiques,
l'orgue jouait et l'unique cloche restée dans le clocher
était mise en branle (4).

(1) Archives du département.

(2) Plusieurs prêtres, cédant à des scrupules de conscience, rétractèrent
le serment qu'ils avaient prêté ; mais beaucoup y furent portés par des sug-
gestions étrangères et par des motifs qui n'avaient rien de religieux, et l'on
peut dire qu'en général les prêtres qui refusèrent le serment imposé à tous
les fonctionnaires publics le firent par haine de la Révolution et par regret
de l'ancien régime qui venait d'être aboli.

(3) La façade de cette maison qui a été démolie était décorée de curieux médaillons représentant des bustes d'empereurs romains. Ces médaillons sont conservés dans notre Musée départemental d'antiquités.

(4) Cette cloche a été portée en 1802 ou 1803 à la Cathédrale.

Dans une des dernières séances de la *Société Populaire*, en 1794, fut célébrée avec pompe la fête instituée en mémoire des *jeunes martyrs de la liberté* : Barra et Agricole Viala, morts pour la République.

Diverses députations des compagnies armées des *Adolescents* vinrent assister à cette cérémonie, précédées des tambours et de la musique de la légion de Rouen. Plusieurs discours furent prononcés, un entre autres par un adolescent, qui le termina en jurant avec tous ses camarades de rester toujours unis et de défendre jusqu'à la mort la République *une et indivisible*.

Un hymne sur l'objet de la solennité, composé par un autre adolescent nommé Le Danois, fut chanté par un membre de la *Société*, et plusieurs morceaux de musique et des airs patriotiques furent exécutés au jubé de l'orgue et suivis des cris prolongés de : Vive la République! Vive la Convention !

Ensuite, on donna lecture d'une lettre du député à la Convention Nationale, Le Comte, citoyen recommandable, le même qui devint conseiller à la Cour impériale de Rouen : il annonçait la découverte de la conspiration de Maximilien Robespierre et consorts. Cette lecture fut suivie des acclamations de tous les assistants : A la République ! à la Liberté! et à la Convention Nationale!

Un adolescent demanda que les jeunes citoyens fussent admis à faire le service de la garde nationale. Il jura au nom de ses camarades de garder les postes les plus difficiles. La demande de ces jeunes patriotes fut accueillie par une mention honorable au procès-verbal et par un renvoi à la commune. Mais le conseil municipal, tout en applaudissant au patriotisme si plein de courage de ces jeunes citoyens, ne crut pas devoir donner suite à leur demande.

La séance se termina par divers morceaux de musique que le jeune Broche (probablement le fils du célèbre artiste de ce nom) exécuta sur l'orgue, et, comme il était de coutume à cette époque, par les cris de : Vive la République! Vive la Montagne! qui étaient aussi ceux qu'on proférait à l'ouverture des séances (1).

Après diverses vicissitudes, la perte de l'ancienne paroisse de Saint-Laurent fut consommée par la vente qui fut faite de cette église le 15 nivôse an XI (4 janvier 1803), à Etienne Mouttet, marchand à Rouen, pour le prix de 18,000 liv., avec la réserve du contre-retable, du restant du buffet d'orgues et de l'horloge (2).

Ce monument, même dans l'état de dégradation où il se trouve, a certes une valeur artistique infiniment supérieure à tous ces déplorables pastiches, dont le sol de la France sera bientôt couvert, œuvres insipides de copistes serviles, souvent fort ignorants, et qui s'amusent à faire de la fausse-monnaie archéologique pour satisfaire la manie du jour, l'engouement qui règne à notre époque pour le style gothique, frappé naguère encore d'un dédain aussi injuste que peu raisonné.

Des esprits moins exclusifs, animés d'un sincère amour des beaux-arts, ont plaidé courageusement en faveur du rachat et de la conservation de quelques

(1) Archives de la municipalité.
(2) Cette horloge est aujourd'hui à Saint-Godard.

anciens édifices religieux abandonnés et menacés d'une destruction prochaine, et ils ont eu quelquefois la joie de voir leurs efforts couronnés de succès. Ainsi, à Caen, l'église supprimée de Saint-Etienne-le-Vieux a été relevée de ses ruines.

On a fait de même à Poitiers pour l'ancienne église de Saint-Jean, et il nous serait facile de citer d'autres exemples de ce genre.

A Rouen, on a proposé de convertir l'ex-paroisse de Saint-Laurent en un Musée d'antiquités. Du moment qu'il n'est pas possible de rendre cet édifice au culte, il nous semble qu'on ne saurait en faire un emploi plus convenable. En effet, le local que notre Musée départemental d'antiquités occupe depuis sa création est infiniment au-dessous de ce qu'exige un pareil dépôt. Il n'a pu véritablement être accepté qu'à titre provisoire.

Nous espérons donc que la ville et le département n'hésiteront pas à voter la somme nécessaire pour restaurer Saint-Laurent et pour l'approprier à cette nouvelle destination.

S'il nous était permis d'émettre ici un vœu, nous demanderions que l'autorité publique reprît en main les quelques édifices civils et religieux vendus à l'époque de la Révolution et qui existent encore à Rouen, tels que l'ancien Hôtel-de-Ville, la Chambre des Comptes, le Bureau des Finances, les paroisses supprimées de Saint-Pierre-du-Châtel, de Sainte-Marie-la-Petite, la ci-devant église des religieux Augustins (1). L'Hôtel du

(1) L'ancienne église des Augustins a été gâtée et déshonorée, il y a quelques mois seulement, par un étrange caprice du propriétaire, qui a eu la bien malheureuse idée de faire démonter la très curieuse charpente en bois qui recouvrait la nef, pour y substituer une affreuse carcasse en fer!

Bourgtheroulde, qui a toujours été une propriété particulière, mériterait bien aussi d'appartenir au domaine public.

Mais le rachat et la restauration de l'ancienne paroisse de Saint-Laurent nous paraît être l'affaire la plus urgente en ce moment, et nous appelons de tous nos désirs le moment où notre administration municipale aura pu traiter, à des conditions équitables, de l'acquisition de cette intéressante église et de sa belle tour (1).

(1) La planche qui accompagne cette monographie est due au burin toujours jeune de notre excellent confrère à l'Académie de Rouen, M. H. Brevière; elle représente une vue de l'ancienne église de Saint-Laurent, prise du côté du Nord. L'aiguille en pierre, démolie en 1810, a été rétablie de la façon la plus heureuse par les soins obligeants de M. E. Desmarest, architecte en chef du département, et M. Alexis Drouin a droit à nos remerciements et à nos éloges pour l'exactitude scrupuleuse avec laquelle il a fait revivre à nos yeux les chapelles aujourd'hui ruinées de MM. Bigot et Damiens.

PIÈCES JUSTIFICATIVES.

I.

Liste des Curés de la Paroisse depuis l'année 1444.

1444. Me Jehan Jeffroy, chanoine en l'église cathédrale de Notre-Dame de Rouen.
1466. Jehan Héron.
1490. Jehan Mahiet, chanoine en l'église cathédrale
  de Notre-Dame de Rouen.
1496. Richard Perchart, chanoine en l'église cathédrale de Notre-Dame de Rouen.
1506. Nicolas Bouton.
1514. Robert de Bapeaume, chancelier de la cathédrale de Rouen.
1517. Pierre Goullé, chanoine en l'église cathédrale
  de Notre-Dame de Rouen.
1526. Jehan Tardivel, chanoine en l'église cathédrale de Notre-Dame de Rouen.
1541. Michel Tardivel.
1549. Estienne Feu, chanoine des cathédrales de
  Bayeux et de Rouen.

1563. Jehan de Bourges, chanoine et archidiacre à Bayeux.

1567. Richard Dabaro, chanoine en l'église cathédrale de Notre-Dame de Rouen.

1574. Nicole Vaignon, chanoine en l'église cathédrale de Notre-Dame de Rouen.

1580. Michel Le Vasseur, chanoine en l'église cathédrale de Notre-Dame de Rouen.

1586. Estienne Sansson, chanoine et archidiacre en l'église de Notre-Dame de Rouen.

1616. Jehan Pepin.

1618. Benjamin Jamyn.

1620. Jacques Desmay, docteur de Sorbonne, doyen de l'église Notre-Dame d'Ecouis et vicaire-général de Monseigneur l'Archevêque.

1623. René Dehors.

1650. Hallier, docteur de Sorbonne, mort évesque de Cavaillon.

1651. Antoine Marcial.

1654. Estienne Defieux, archidiacre du Vexin-Français, grand vicaire, official, abbé de Bellosanne.

1668. Nicolas Le Roux, chanoine en l'église cathédrale de Notre-Dame de Rouen.

1670. Maurice Prout.

1671. Martin Dauno, prieur d'Arques, trésorier en l'année 1677.

1678. Jean-Baptiste Carré.

1680. François Bulteau, docteur de Sorbonne, doyen de la Chrétienté.

1706. Louis-Gabriel Guéret, licencié en théologie de la Maison et Société de Sorbonne.

1719. Julien Prevost, cy-devant supérieur de l'Oratoire.

1746. Louis-Alexandre Le Marquier, licencié en théologie de la Maison et Société de Sorbonne,
cy-devant curé de Saint-Etienne-la-Grande-
Eglise.

1768. Dumesnil.

II.

Visite d'un Archidiacre en 1591.

« Le dimanche 18ᵉ d'aoust 1591, Monsieur de Mon-
« chy chanoine et archidiacre en l'église de Rouen et
« conseillier en sa court, faisant la visitation en la dite
« église de Saint-Laurent où estoient assemblez Mes-
« sieurs les thesauriers modernes et anciens d'icelle
« église jusques au nombre de dix, a demandé à iceulx
« thesauriers les comptes renduz du trésor de la dite
« église pour les approuver, disant que cela estoit du
« debvoir de sa charge, afin de veoir si les fondations
« estoyent bien entretenues, et qu'il en avoit faict ainsi
« en quelques aultres églises de cette ville. Aussi qu'il
« y avoit quelques arrets de la court par lesquels cer-
« tains thesauriers avoient esté condamnez de rendre
« compte de leur administration par devant les Archi-
« diacres. A quoy noble homme Messire Le Chandelier,
« sieur de Canteloup et conseillier en la Court, comme
« le plus ancien des dits thésauriers, luy a faict res-
« ponce pour toute la Compagnie, que *la reddition ou*
« *approbation des comptes de la dite église* ESTOYT CHOSE

« TEMPORELLE ET NE DEPENDOYT AULCUNEMENT DE L'AUC-
« TORITÉ DES ARCHIDIACRES *lesquelz n'avoient jamais*
« *approuvé iceulx comptes*, et ne se trouve dans les
« registres du dit trésor aulcune approbation d'iceulx,
« *ayant esté renduz par devant gens de justice et d'hon-*
« *neur, mesme présidens et conscilliers*, CE QUI DEBVOIT
« SUFFIRE. Et quant aux arrêts représentez par le dit
« sieur de Monchy, ilz ne venoyent en considération,
« parce qu'ilz estoyent donnez contre certaines par-
« roisses des champs et non pas contre celles de la ville
« de Rouen, où cessent les causes motivées pour les-
« quelles aulcuns thesauriers champestres pour leur
« malversation ont ésté condamnez à compter devant
« les Archidiacres. »

III.

Procès-verbal de la prestation du serment civique par le
curé de Saint-Laurent et plusieurs autres prêtres.

« L'an 1791, le dimanche 6e jour de février, avant
« midi, nous commissaires députés par le Conseil gé-
« néral de la Commune, par délibération du jour d'hier,
« en conséquence de la réquisition expresse de M. Du-
« mesnil, prêtre, curé de la paroisse de St-Laurent de
« cette ville et de plusieurs autres ecclésiastiques qui
« ont fait leurs déclarations par écrit au secrétariat de
« la municipalité de leur intention de prêter aujour-
« d'hui à l'issue de la grand'messe de la dite paroisse
« le serment civique ordonné par la loi du 26 décem-

« bre dernier, nous sommes transportés en l'église de
« ladite paroisse de Saint-Laurent pour être présents
« à la prestation dudit serment et en dresser notre
« procès-verbal à telle fin que de raison, sans rien
« préjuger aux droits et qualités des ecclésiastiques
« fonctionnaires publics qui n'ont pas prêté leur ser-
« ment dans le délai prescrit par la loi.

« A l'issue de la messe, le dit maître Dumesnil curé
« a fait et prononcé en notre présence et en celle des
« fidèles le serment de *veiller avec soin sur les fidèles de*
« *la paroisse qui lui est confiée, d'être fidèle à la Nation, à*
« *la Loi et au Roi et de maintenir de tout son pouvoir la*
« *Constitution décrétée par l'Assemblée Nationale et ac-*
« *ceptée par le Roi*; dont acte lui a été accordé pour
« lui valoir et servir ce qu'il appartiendra et a signé :
« Dumesnil, curé de St-Laurent.

« Ensuite MM. Chefdeville 2e vicaire, Godquin sa-
« criste; Côté prêtre; Daudebourg prêtre de la dite
« paroisse de St-Laurent; Prêtrel, vicaire de St-Hilaire;
« Soudry prêtre habitué en la paroisse de St-Michel,
« Le Cœur habitué à St-Vivien; Sombret ci devant
« religieux Feuillant; Outin prêtre habitué à St-André-
« de-la-Ville; Delaunay ci-devant Carme Deschaux,
« et Colinet clerc tonsuré en la paroisse de St-Michel,
« ont pareillement prêté le serment de *remplir leurs*
« *fonctions avec exactitude, d'être fidèles à la Nation, à la*
« *Loi et au Roi*, dont acte leur a pareillement été ac-
« cordé pour leur valoir et servir à telle fin que de
« raison, et ont signé avec nous après lecture faite.

« Signés : Chefdeville, vicaire de St-Laurent; God-
« quin ptre, P. Côté ptre; Daudebourg ptre; Prêtrel,
« vicaire de St-Hilaire; Le Cœur ptre; Soudry ptre;

« L. Outin p^{tre}; Colinet; Sombret; Delàunay prestre
« ci-devant religieux; puis, Delespine, Le Boucher,
« Bérée, Ligot; Eléonore Rabasse, L. Mauger,
« Vimard et Havard secrétaire greffier. »

(Archives de la Municipalité.)

IV.

*Rapport des Administrateurs du District de Rouen sur la
disposition des esprits relativement à la* CONSTITUTION
CIVILE DU CLERGÉ.

Rouen ce 25 novembre 1791.

Messieurs,

Nous avons l'honneur de vous faire passer les divers
renseignements que vous nous avez demandés par
votre lettre du 5 du courant et qui contiennent 1° un
Etat des *Paroisses* et succursalles conservées ou établies
et des églises supprimées, dans lequel se trouvent
1° le Tableau des Curés constitutionnels; 2° un Etat
des Curés qui n'ont point été remplacés; 3° un Etat
des Communautés religieuses existantes et de celles
qui auraient partiellement usé du bénéfice de la loy;
4° enfin, un Etat des Communautés religieuses supprimées et qui n'existent plus.

Il nous reste à vous parler de la disposition des
esprits pour tout ce qui est relatif à la *Constitution*

civile du clergé (1), et de la faveur ou l'opposition que trouve le libre exercice du culte dans ce district.

Il résulte de la connoissance que nous donnent nos fréquents rapports avec les Municipalités, qu'en général nos curés assermentés jouissent de l'attachement et de la bienveillance de leurs paroissiens. Les efforts que font quelques anciens curés remplacés ou prêtres non assermentés pour éloigner nombre d'habitants des pasteurs constitutionnels, à quoi ils réussissent en partie, n'ont point encore occasionné des troubles réels ; il en résulte seulement quelque fermentation dans les esprits occasionnée par les inquiétudes, les manœuvres dont usent quelques non-conformistes, qui, pour être modérés en apparence, n'en travaillent pas moins sourdement et constamment à irriter les esprits contre le nouvel ordre et à les tenir dans un état d'opiniâtreté

(1) La Belgique, que les désastres du premier Empire, en 1814, ont malheureusement détachée de la grande famille française, à laquelle elle tient par sa langue, par sa religion, par ses mœurs et par sa législation ; cette province, dont la réunion à la France avait été définitivement prononcée en 1795, fut divisée comme nous sur cette question du serment exigé des prêtres : mais ce schisme, fut court et de peu d'importance.

La loi du 7 vendémiaire an IV (29 septembre 1795) obligeait les ministres d'un culte quelconque à faire une déclaration conçue en ces termes : « *Je* « *reconnais que l'universalité des citoyens français est le Souverain,* « *et je promets soumission et obéissance aux lois de la République.* » Cette loi ne fut publiée en Belgique que le 14 fructidor an V (31 août 1797.)

Elle était à peine exécutoire qu'elle fut remplacée par celle du 19 fructidor an V (5 septembre 1797), rendue à la suite du coup d'État du 18 fructidor, laquelle exigeait des ecclésiastiques *le serment de haine à la royauté et à l'anarchie, d'attachement et de fidélité à la République et à la Constitution de l'an III.*

Plus tard, la loi du 21 nivôse an VIII (11 janvier 1801) changea ce dernier serment en une simple *promesse de fidélité à la Constitution*.

Enfin, le Concordat fit disparaître toute cause de discorde.

4

et de résistance ; mais le parti constitutionnel étant partout supérieur, la tranquillité se maintient par les risques qu'il y aurait à vouloir la troubler trop ouvertement. Au surplus, MM. du Département, les nouveaux curés sont en général très tolérants, les prêtres réellement modérés et sages, quoique non-assermentés, disent leurs messes sans obstacle dans les églises paroissiales. Il n'y a que ceux qui sont connus pour chercher à troubler l'ordre que les nouveaux curés refusent ou que les habitants n'y souffrent qu'avec quelque contradiction, encore n'y sont-ils ny injuriés, ny insultés.

Quant à la ville de Rouen, elle renferme un grand nombre de prêtres non-conformistes ; il est d'autant plus considérable, que beaucoup du dehors sont venus y habiter et y sont même en habit laïc, comme s'ils étoient dans un état de persécution qui demandât ce déguisement. Ils ne sont cependant ni persécutés ni insultés d'aucune manière.

A l'exception d'un grand nombre de dévotes dont ils dirigent les esprits, et de quelques partisans outrés de l'ancien régime qui, fort insoucians autrefois sur la religion, affectent par esprit de parti de s'attacher à eux en ce moment, le peuple en général, paroit fort indifférent sur ce qui les concerne, et tant que leur fanatisme ne l'excitera pas, nous pensons qu'on peut compter sur la tranquillité.

Une des choses qui l'a particulièrement assurée dans cette ville a été de faire fermer il y a plus de cinq mois les portes extérieures de tous les monastères de femmes, où se rassembloient les non-conformistes avec un esprit de jactance et d'ostentation. Sans cette pré-

caution sage, il eut pu arriver quelque événement fâ-
cheux : on en étoit menacé, il y avoit des mouvements
qui faisoient craindre. Depuis ce moment, tout a été
assez calme. On nous a rapporté que plusieurs couvents de femmes recevoient encore des prêtres non-
assermentés et des laïcs dans leurs églises par les
portes intérieures; mais si cela est, le peuple qui ne
voit point cet intérieur en conçoit peu d'ombrage et
l'ordre public n'est pas troublé. Il est intéressant de
tenir la main à ce que les choses restent en cet état.
Les églises des couvents sont des chapelles particulières
pour la maison, et les religieuses ne peuvent pas trouver mauvais qu'on n'en fasse pas un édifice public.

En conduisant dans cette grande ville et dans ce
district cet objet avec prudence, il y a lieu de penser
que l'ordre n'éprouvera aucune atteinte inquiétante.

Voilà, Messieurs, quelle est notre opinion sur ces
objets et ce que nos connaissances locales peuvent
nous faire appercevoir. En général, nous croyons que
l'ancien clergé doit être surveillé, que tant qu'on le
contiendra et qu'on réservera aux pasteurs constitutionnels seuls toute l'autorité qu'ils doivent avoir dans
leurs églises, la paix se maintiendra. Le temps fera le
reste, et détruira ensuite de lui-même la scission à
laquelle il ne faut donner trop d'importance. Mais pour
peu qu'on accordât de droits dans nos églises aux non-
conformistes, leur intolérance bien connue et leurs
manœuvres ne tarderoient pas à soulever les esprits et
à exciter le fanatisme. Il faut donc écarter tout ce qui
peut y conduire. Nous nous regardons comme certains
de la tranquilité dans ce district tant qu'on suivra ces
maximes, mais il n'y a pas encore assez peu de chaleur

pour que nous répondions que le feu ne s'allumeroit pas si on s'en écartoit.

Les administrateurs composant le directoire du district de Rouen.

Signé Védie. f. n. Augustin.

(Archives du Département de la Seine-Inférieure. — District, n° 1454.)

www.ingramcontent.com/pod-product-compliance
Lightning Source LLC
Chambersburg PA
CBHW061658180626
46818CB00003B/1158